Para Zander Dane – J. E.

Para mis gatos, ratas y mascotas de piedra – A. B.

Puedes consultar nuestro catálogo en
www.picarona.net

FRANKENCONEJO
Texto: *Jill Esbaum*
Ilustraciones: *Alice Brereton*

1.ª edición: noviembre de 2018

Título original: *Frankenbunny*

Traducción: *Joana Delgado*
Maquetación: *Montse Martín*
Corrección: *Sara Moreno*

© 2017, Jill Esbaum & Alice Brereton
Originalmente publicado en Estados Unidos por Sterling Publishing Co. Inc. en 2017
La versión en español ha sido negociada a través de Ute Körner Lit. Ag. www.uklitag.com
(Reservados todos los derechos)
© 2018, Ediciones Obelisco, S. L.
www.edicionesobelisco.com
(Reservados los derechos para la lengua española)

Edita: Picarona, sello infantil de Ediciones Obelisco, S. L.
Collita, 23-25. Pol. Ind. Molí de la Bastida
08191 Rubí - Barcelona
Tel. 93 309 85 25 - Fax 93 309 85 23
E-mail: picarona@picarona.net

ISBN: 978-84-9145-201-0
Depósito Legal: B-24.846-2018

Printed in Spain

Impreso en España por ANMAN, Gràfiques del Vallès, S. L.
c/ Llobateres, 16-18, Tallers 7 - Nau 10. Polígono Industrial Santiga
08210 - Barberà del Vallès (Barcelona)

FRANKENCONEJO

Texto: **Jill Esbaum**

Ilustraciones: **Alice Brereton**

Picarona

Tú sabes que los monstruos no existen, ¿verdad?

Pues yo también.
Menos en una ocasión
en la que mis hermanos mayores
hicieron que me olvidara
de ello.

¿Crees que a ti no te pasaría? ¡JA!

Ponte en mi lugar. Imagina que tú eres yo.

Estás arreglando tu bici, pensando
en tus cosas, cuando de repente:

—Eh, Spencer —dice Leonard—.
Tenemos que decirte una cosa.

—Sí —dice Bertram—.
Es acerca de los monstruos.
Sé valiente, hermanito.

—Yo siempre soy valiente —les dices.

Ser valiente a la luz
del día es fácil.

—Todos los monstruos son peligrosos —dice Leonard—,
pero Frankenconejo es el peor de todos.

—Los monstruos no existen —le respondes.

Tus hermanos se van.

¡Uf! Pensar en monstruos
hace que te tiemblen
hasta los bigotes.

Y DESPUÉS...

—Si yo fuera tú —dice Leonard—, no jugaría aquí.

—Sí —dice Bertram—, a Frankenconejo le gustan los sitios oscuros.

Sabes que no deberías preguntar nada
porque los monstruos no existen, pero...

—¿Qué aspecto tiene?

—Imagínate unos colmillos horribles —dice Leonard—, y unas zarpas tan enormes que te pueden destrozar en un plis plas.

—¡Uf! Pues me escondería.

Bertram sigue:
—¡Bah! Frankenconejo tiene unos ojos rojos chispeantes,
la vista de esas criaturas lo *atraviesa todo*.

Enseguida se te pone la piel de gallina.
—No, ni hablar.

—Sí.

El corazón se te acelera a toda máquina.
Y los pies, también.

—No les hagas caso, cariño —dice mamá.

—¡Mamáááá!

—Mamá está en su club de lectura –dice papá–, ¿qué te pasa, Spencer?

—Son los monstruos –le dices–, Leonard y Bertram me han dicho que Frankenconejo es el peor de todos.

Papá da la vuelta a la hamburguesa vegetal.

—Pero tú ya sabes que los monstruos no existen, ¿verdad?

Y así, sin más, se te va el miedo.

«Bien —piensas—. No existen, todo el mundo lo sabe, je, je. ¡Venga, Spencer!».

Al lado de papá, ser valiente es fácil.

Pero a la hora de ir a dormir, Leonard te susurra de modo inquietante.

—Dicen que se esconde en los armarios.

—Sí —dice Bertram—, sale a medianoche y, ¡zas!, eres hombre muerto.

Echas un vistazo dentro del armario. Es lo bastante grande para que un monstruo pueda esconderse dentro.
Aun así...

—Papá dice que no es verdad eso de los mo-mo-monstruos —susurras.

—Pues existen de verdad —dice Leonard.

—Es que papá no quiere preocuparte.

Estás preocupado.

¡Es difícil ser valiente en la oscuridad!

A la mañana siguiente,
te despiertas con un sol radiante
y unas noticias que te hacen
bailar de alegría: tus hermanos
se han ido a jugar a casa
de unos amigos.

¡YUPIIIII!

Cuando vas al armario a por una chaqueta,
ni siquiera estás pensando en Frankenconejo. Pero entonces...

—¡Eh! ¿Qué es esto?

Ves el dibujo que han hecho tus hermanos de un monstruo con:

¡COLMILLOS HORRIBLES!
¡ZARPAS GRANDIOSAS!
¡OJOS ROJOS CHISP

Y te das cuenta de lo que están tramando: un plan, un maldito y asquero

Te invade una rabia repentina. ¡AAAAAARRG!

«¡Esas ratas!», piensas. Y deseas que sepan lo que es sentir miedo.

Los pelos y los bigotes de punta

La piel de gallina   Llorar y acudir corriendo a mamá

Esa noche, esperas un buen rato hasta que las ratas
se cansan de hablar de Frankenconejo.

Y cuando finalmente se duermen...

...bajas de la cama sigilosamente...

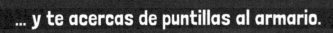

... y te acercas de puntillas al armario.

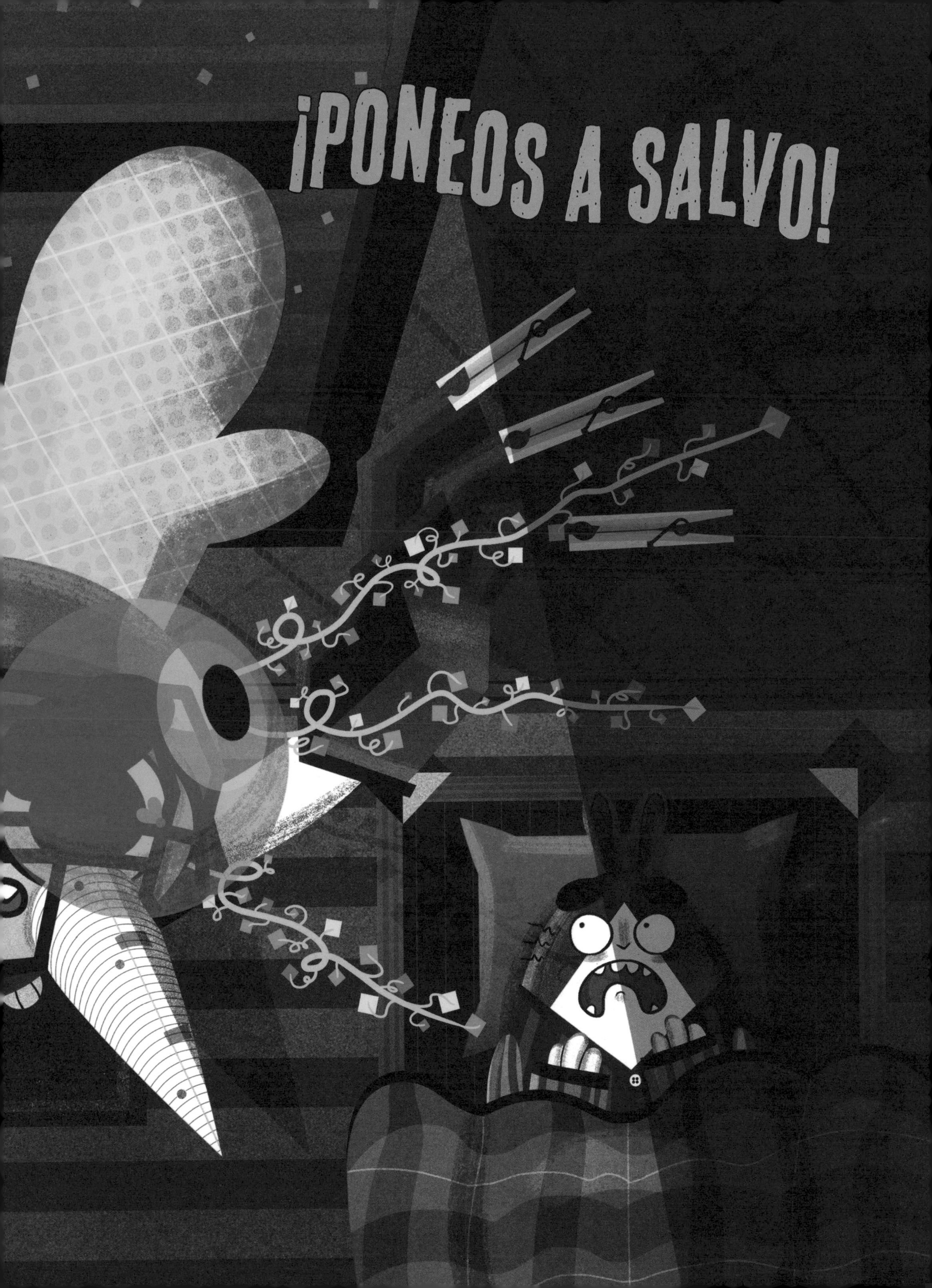
¡PONEOS A SALVO!

Después de muchos gritos y lloriqueos, de que papá diga:

—En el armario no hay nada, ¿veis?

Y mamá:

—Venga, volved a la cama, conejitos...

Empiezas a arrepentirte.

Tus hermanos han sido unas ratas, sí.

Pero, bueno...

—¡Ey, chicos! Escuchadme. Tengo algo
que deciros. Se trata de Frankenconejo.

LA LA LA LA

Ya me entiendes. Cuesta ser valiente en la oscuridad.

Pero a ti, no.
Nunca más tendrás miedo.
Sabes que los monstruos no existen.

Sabes que Frankenconejo no existe.

Te asegurarás de que tus hermanos también lo sepan.

Será lo primero que hagas por la mañana.

PROBABLEMENTE.